LES TOMBEAUX

DES ROIS, REINES,

PRINCES ET PRINCESSES DU SANG,

ET AUTRES PERSONNES DE DISTINCTION,

Qui font dans l'Eglife de l'Abbaye Royale
de Saint-Denys en France.

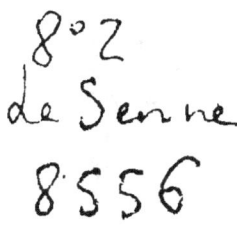

A PARIS,

De l'Imprimerie de Ph.-D. PIERRES, Imprimeur
Ordinaire du Roi, de la Congrégation de Saint-Maur,
& de l'Abbaye Royale de Saint-Denys.

Avec Approbation & Permiffion.

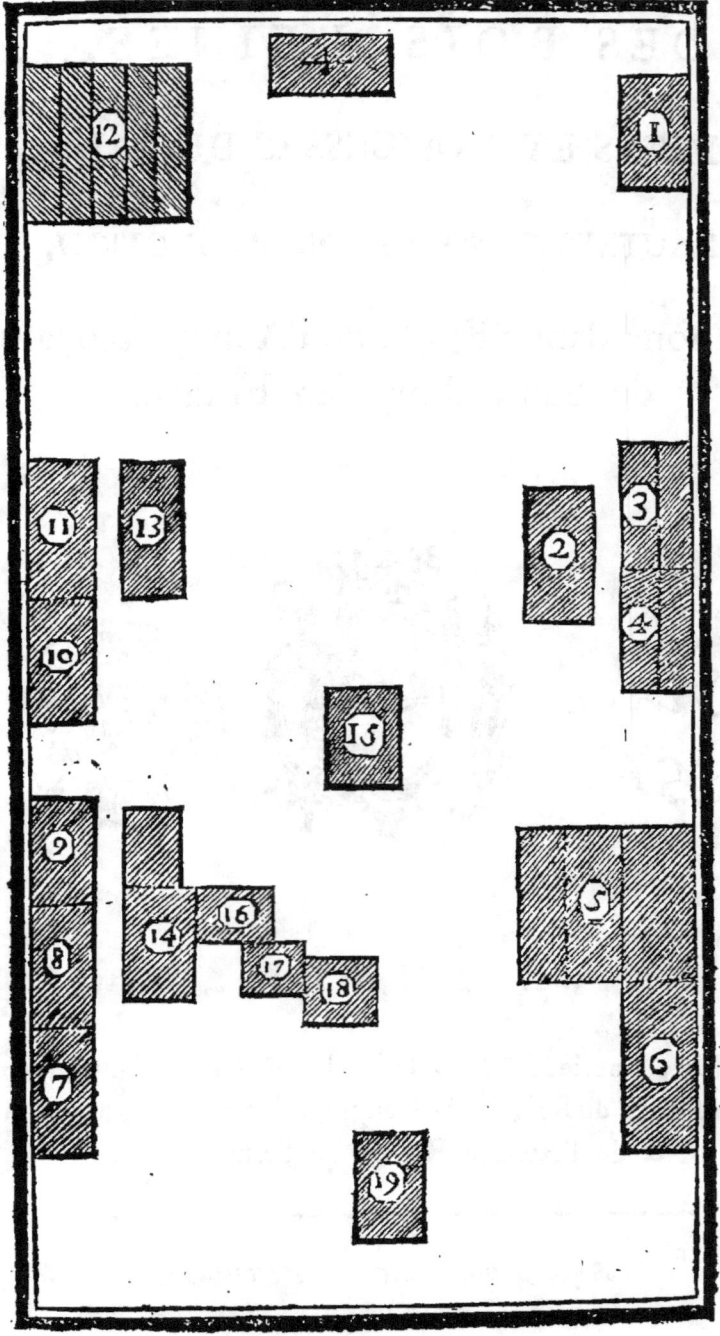

Situation des Tombeaux du Chœur.

LES TOMBEAUX

Des Rois, Reines, Princes, & Princesses du Sang, & autres Personnes de distinction, qui sont dans l'Eglise de l'Abbaye Royale de Saint-Denys en France.

ARTICLE I.

Les Tombeaux qui sont dans le Sanctuaire & le Chœur.

1. DAGOBERT, Roi de France & Fondateur de l'Abbaye, a regné seize ans ; il mourut en 638. Nanthilde, seconde femme de Dagobert, est morte en 641, & est inhumée proche de lui. Landegisel, frere de Nanthilde, fut enterré au même lieu en 630. Thierry de Chelles a regné dix-sept ans ; il est mort en 737.

2. Entrée du Caveau qui sert de Sépulture aux Princes & Princesses de la Famille Royale.

ARTICLE II.

Les Tombeaux suivans sont vers la Grille, du côté du midi, en descendant au Chœur.

3. PEPIN, après un regne de dix-sept ans, est mort en 768. Berthe ou Bertrade son Epouse, morte en 785, est enterrée auprès de lui.

4. Louis III, fils de Louis II, dit le Begue, a regné trois ans, est mort en 882. Carloman, Frere de Louis III, a regné deux ans, est mort en 884, & est enterré proche de lui.

5. Philippe III, dit le Hardi, Fils de saint Louis, a regné quinze ans; il est mort en 1285, âgé de quarante ans. Isabelle d'Arragon son épouse, morte en 1271. Louis leur fils ainé mort en 1276. Philippe IV, dit le Bel, a regné vingt-neuf ans; il est mort en 1314, âgé de quarante-six ans. Jeanne sa fille est inhumée proche de lui.

6. Clovis II, appellé sur son Epitaphe, *Ludovicus Rex filius Dagoberti*, a regné dix-huit ans; il est mort en 656, âgé de vingt-trois ans. Charles Martel est à son côté avec cette inscription, *Carolus Martellus Rex*, quoiqu'il n'ait porté pendant sa vie ni la qualité de Roi, ni le nom de Martel. Il est mort en 741.

ARTICLE III.

Du côté du Septentrion en remontant du Chœur au Sanctuaire.

7. HUGUES-CAPET a regné dix ans, & est mort en 996 ; il est inhumé auprès de Hugues le Grand son pere, Comte de Paris : il a à son côté Eudes, qui après un regne de dix ans, est mort en 898.

8. Robert le Pieux a regné trente - quatre ans ; il est mort en 1031, âgé de 60 ans. Constance de Provence son épouse, morte en 1032, est proche de lui.

9. Henri I, a regné trente ans ; il est mort en 1060, âgé de 55 ans. A son côté est inhumé Louis VI, dit le Gros, qui a regné 29 ans, est mort en 1137, âgé de 56 ans.

10. Philippe, fils de Louis VI, regna deux ans avec son pere ; il mourut en 1131, âgé de 22 ans. Constance de Castille, seconde femme de Louis VII, morte en 1160, est à côté de Philippe.

11. Carloman, Roi d'Austrasie, fils de Pepin, est mort en 771. A son côté est Hermentrude, premiere femme de Charles le Chauve, morte en 869, & Charles leur fils, mort le 28 Septembre 865, étant déja Roi d'Aquitaine.

12. Philippe V, dit le Long, a regné cinq ans, mort en 1322. Charles IV, dit le Bel, a regné près de sept ans ; il est mort en 1328. Jeanne d'Evreux, épouse de Charles IV, morte en 1370. Philippe de Valois a regné vingt-trois ans ; il est mort en 1350, âgé de 57 ans. Jeanne de Bourgogne sa premiere femme est morte en 1348.

Jean II a regné quatorze ans ; il eſt mort en 1364. Les corps de ces ſix ſont ſous une Arcade à côté du grand Autel.

ARTICLE IV.

De ceux qui ſont depuis le Sanctuaire juſqu'au milieu du Chœur.

13. CHARLES VIII a regné 14 ans ; il eſt mort en 1498, âgé de 28 ans. Son Tombeau eſt dans le Sanctuaire.

14. Louis X, dit le Hutin, a regné un an & demi ; il eſt mort en 1316, âgé de 26 ans, & eſt inhumé dans la croiſée. Jean I, ſon fils poſthume, eſt avec lui ; il n'a vécu & n'a été Roi que quatre jours. Jeanne, Reine de Navarre ſa fille, morte en 1349, eſt à ſes pieds.

15. Marguerite de Provence, épouſe de ſaint Louis, morte en 1295, eſt au milieu de la croiſée, ſous une Tombe de cuivre.

16. Louis VIII, pere de ſaint Louis, a regné trois ans : il eſt mort en 1226, âgé de 39 ans, & eſt enterré proche de Louis X.

17. Saint-Louis, IX du nom, a regné quarante-quatre ans ; il eſt mort en 1270, âgé de 55 ans. Il fut inhumé près de Louis VIII, & fut enlevé en 1298, pour être mis au Tréſor dans une Chaſſe magnifique. A ſes côtés ſont inhumés ſon frere Alfonſe de Poitiers, qui mourut en 1271, Philippe Comte de Clermont & de Boulogne ſon oncle, mort en 1233, Jean Triſtan ſon fils, Comte de Nevers, mort en 1270, & Pierre de Beaucaire ſon Chambellan, qui mourut en 1270, fut enterré à ſes pieds.

18. Philippe II, dit Augufte, a regné quarante-deux ans ; il eft mort en 1223, âgé de 59 ans ; il eft inhumé vers le milieu de la croifée. Sa fille Marie, Ducheffe de Brabant, eft proche de lui.

19. Charles le Chauve, Empereur, eft mort en 877, après avoir regné trente-fept ans ; il eft inhumé au milieu du Chœur.

ARTICLE V.

De la partie méridionale de l'Eglife.

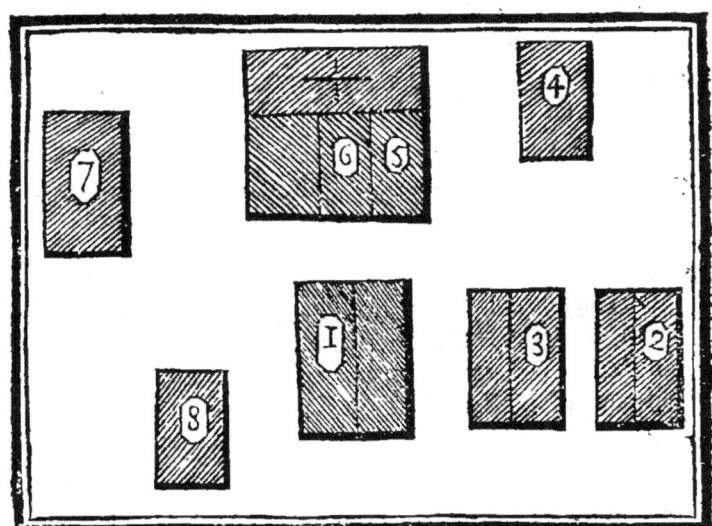

1. CHARLES V, dit le Sage, a regné 16 ans ; il eft mort en 1380, âgé de quarante-deux ans, & eft inhumé au milieu de la Chapelle de faint Jean-Baptifte. Jeanne de Bourbon fon époufe, morte en 1378, âgée de 40 ans, eft dans le même Tombeau ; Jeanne & Ifabelle leurs filles font avec eux.

2. Charles VI, dit le Bien-aimé, a regné quarante-deux ans ; il eſt mort en 1422, âgé de 54
ans. Iſabeau de Baviere ſon épouſe, morte en
1435, eſt dans le même Tombeau, proche la
fenêtre de cette Chapelle.

3. Charles VII, dit le Victorieux, a regné 39 ans,
il eſt mort en 1461, âgé de 59 ans. Marie d'Anjou ſon épouſe, morte en 1463, eſt auprès de
lui. Leur Tombeau eſt entre ceux de Charles V,
& de Charles VI.

4. Bertrand du Gueſclin, Connétable de France
ſous Charles V, mort en 1380, eſt enterré proche
Charles V.

5. Bureau de la Riviere, Chambellan de Charles
V & de Charles VI, mort en 1400, eſt enterré
proche d'eux.

6. Charles, Dauphin, fils ainé de Charles VI,
mort en 1386, âgé de trois mois, eſt dans la
même Chapelle.

7. Louis de Sancerre, Connétable de France ſous
Charles VI, eſt mort en 1402.

8. Arnaud Guillem, Seigneur de Barbazan, dit
le Chevalier ſans reproches, premier Chambellan de Charles VII, mort en 1431, eſt inhumé
comme les précédens dans la Chapelle de ſaint
Jean-Baptiſte.

9. Suger, Abbé de Saint-Denys, mourut en 1152.
Il eſt enterré proche la porte du Cloître. Il fut
Régent du Royaume ſous Louis VII.

10. François I a regné trente-trois ans ; il eſt mort
en 1547, âgé de cinquante-deux ans. Claude de
France ſon épouſe, eſt morte en 1524, âgée de
25 ans. François, Dauphin, mort en 1536, âgé
de 19 ans. Charles Duc d'Orléans, mort en 1545,
à vingt-trois ans ; & Charlotte leur ſœur, morte
âgée de huit ans, tous trois Enfans de François I,
repoſent dans le Caveau du magnifique Tombeau

de ce Roi , avec Louife de Savoye fa mere , morte en 1531.

11. Marguerite de France , fille de Philippe le Long , & femme de Louis, Comte de Flandre, morte en 1382, eft à côté de François I , dans un Tombeau féparé.

ARTICLE VI.

Du côté du feptentrion de l'Eglife.

1. Louis XII a regné feize ans , & eft mort en 1515 ; Anne de Bretagne fon époufe & veuve de Charles VIII , eft morte en 1514 , le 20 Janvier , âgée de 37 ans. Ils font inhumés dans le fuperbe Maufolée que François I leur a fait élever. Au-deffus du Tombeau de Louis XII , fe voit celui des Valois , dans lequel font inhumés les corps , dont voici les noms.

2. Henri II, qui a regné douze ans , eft mort le 10 Juillet 1559, âgé de quarante ans & quelques mois.

3. Catherine de Médicis, morte le 5 Janvier 1589, dans la 70e année de fon âge.

4. François II , leur fils , qui a regné un an & demi, & eft mort le 5 Décembre 1560.

5. Charles IX, mort le 30 Mai 1574, âgé de 24 ans. Il a regné 13 ans & demi.

6. Henri III , qui a regné 15 ans , mourut le 2 Août, l'an 1589, âgé de 38 ans.

7. Marguerite de France , Reine de Navarre , première femme du Roi Henri IV , morte le 27 Mai 1615.

8. François de France , Duc d'Alençon , mort en 1584, le 10 Juin , âgé de 30 ans.

9. Louis de France qui mourut au berceau.

10. Deux filles mortes en bas âge.

11. Une fille de Charles IX, morte âgée de fix ans.

12. Guillaume du Chaftel, Pannetier de Charles VII, & Maréchal de France, mort en 1441, eft enterré dans la croifée, proche la muraille.

13. Blanche, feconde femme du Roi Philippe de Valois, morte en 1398, & Jeanne leur fille, morte en 1373, font dans la Chapelle de faint Hippolyte.

14. Marie de France, fille de Charles IV, morte en 1341, & Blanche fa fœur, époufe de Philippe d'Orléans, morte en 1392, font inhumées dans la Chapelle de Notre-Dame la Blanche, où l'on voit une très-belle Cuve de Porphyre que Dagobert fit apporter en même-tems que le corps de faint Hilaire. Elle a cinq pieds trois pouces de longueur, fur deux pieds & deux pouces de largeur, & un pied quatre pouces de profondeur.

15. Sous une Colonne de marbre proche la grille de fer en dehors, eft inhumé le cœur de Louis de Bourbon, Cardinal, premier Abbé Commendataire de Saint-Denys, & Evêque de Laon, dont le corps eft enterré dans la Cathédrale de Laon.

16. Dans la Chapelle de faint Martin, au même côté de l'Eglife, eft inhumé Alphonfe d'Eu, Comte de Brienne, Chambellan de faint Louis, qui mourut avec lui à Tunis en 1270.

17. Dans la Chapelle de faint Euftache, au Chevet, on voit le fuperbe Maufolée de Henri de la Tour d'Auvergne, Vicomte de Turenne, mort en 1675, que le Roi a fait enterrer à Saint-Denys, pour récompenfe des fervices qu'il a rendus à la France.

18. Outre les Sépultures ci-deſſus, on voit encore celle de Matthieu de Vendôme, Abbé, Régent du Royaume, à la porte du Chœur, du côté du midi, proche la grille.

19. François-Paul de Gondy, Cardinal de Retz, Archevêque de Paris, & Abbé de Saint-Denys, mort en 1679, eſt proche la grille de la croiſée.

Gilles de Pontoiſe, Abbé de Saint-Denys, & grand Aumônier de France, mort en 1326, eſt inhumé vers la porte du Cloître.

Gaſpar de Coligni, Lieutenant-Général des Armées du Roi, mort en 1649.

Jacques Stuert de Cauſſade, Marquis de Saint-Mégrin, auſſi Lieutenant-Général, mort en 1652, enterré comme le précédent vers la porte du Tréſor, où eſt ſon Mauſolée, par ordre du Roi, pour les ſervices qu'il avoit rendus à l'Etat.

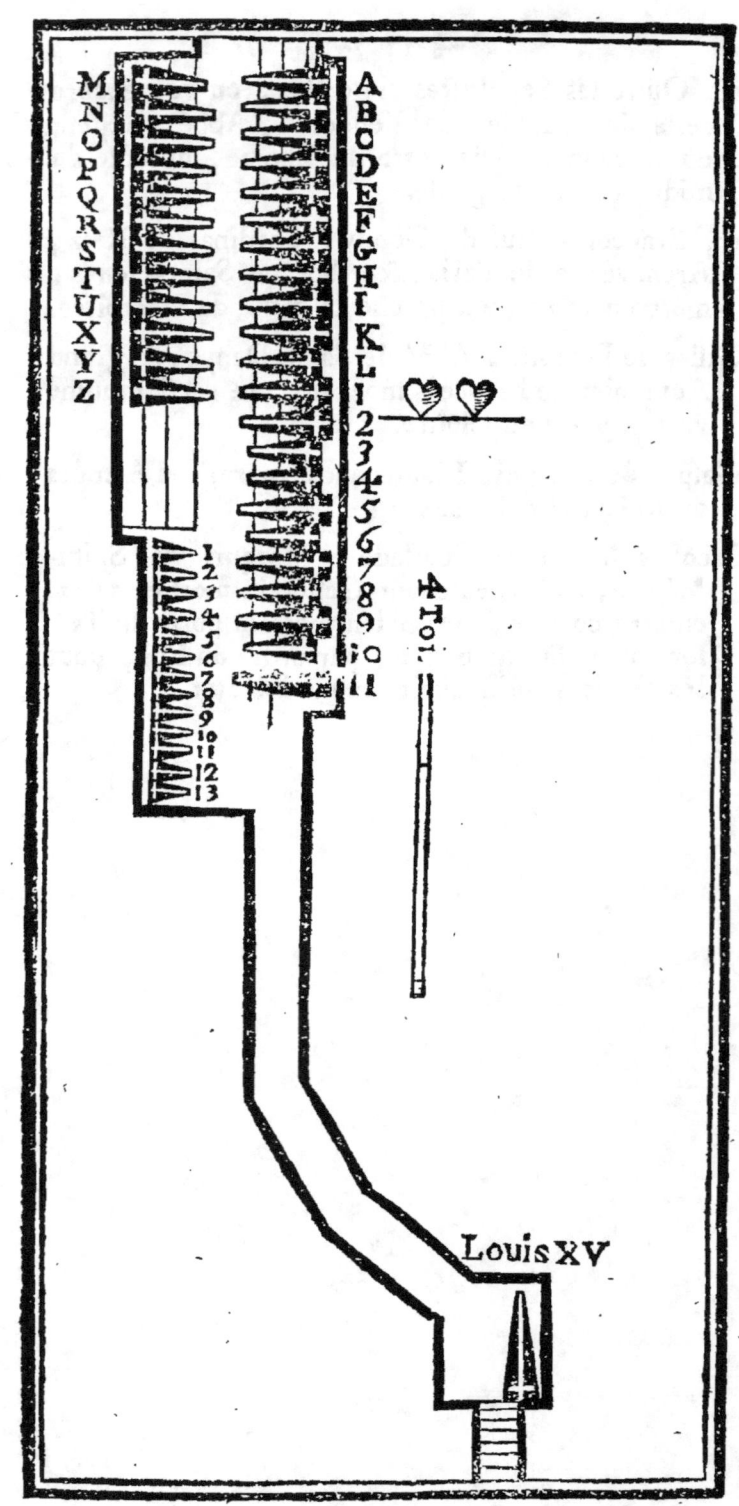

LA SÉPULTURE

DE LA FAMILLE ROYALE

DES BOURBONS.

*Les Rois , Reines , Dauphins , Dauphines ,
& autres Princes & Princeſſes du Sang ,
y ſont placés , comme on peut voir à la
Planche ci à côté , ſuivant les lettres &
les chiffres qui ſont à chaque article.*

A HENRI IV, a regné vingt-un ans ; il eſt mort en 1610 , âgé de 57 ans.

B LOUIS XIII, a regné trente-trois ans ; il eſt mort en 1643 , âgé de 42 ans.

C LOUIS XIV, a regné ſoixante-douze ans ; il eſt mort en 1715 , âgé de 77 ans.

D Marie de Médicis , ſeconde femme d'Henri IV, morte en 1642 , âgée de 68 ans.

E Anne d'Autriche , épouſe de Louis XIII , mourut en 1666 , âgée de 64 ans.

F Marie-Théreſe d'Eſpagne , épouſe de Louis XIV, morte en 1683 , âgée de 45 ans.

G Marie , Princeſſe de Pologne , épouſe de Louis XV , morte en 1768 , âgée de 65 ans.

H Marie-Anne-Chriſtine-Victoire de Baviere , épouſe de Louis , Dauphin , morte en 1690 , âgée de 30 ans.

I Louis , Dauphin , fils de Louis XIV , mort en 1711 , âgé de près de 50 ans.

K Louis , Duc de Bourgogne , fils de Louis , Dauphin , eſt mort en 1712 , âgé de 30 ans.

x Marie-Adélaïde de Savoie, épouse de Louis, Dauphin, Duc de Bourgogne, est morte en 1712, à l'âge de 26 ans.

L N. de France, Duc de Bretagne, premier fils de Louis, Duc de Bourgogne, est mort en 1705, âgé de 9 mois 19 jours.

1. Louis, Duc de Bretagne, second fils de Louis, Duc de Bourgogne, est mort Dauphin en 1712, âgé de 6 ans.

2. Marie-Thérèse, Infante d'Espagne, épouse de Louis, Dauphin, fils de Louis XV, est morte le 22 Juillet 1746, âgée de 20 ans.

Sur la même ligne sont les cœurs de Louis, Dauphin de France, fils de Louis XV, mort le 20 Décembre 1765, & de Marie-Josephe de Saxe, Dauphine, morte le 13 Mars 1767.

3. Xavier-Marie-Joseph de France, Duc d'Aquitaine, fils de Louis, Dauphin, & de Marie-Josephe de Saxe, Dauphine, morte le 22 Février 1754, âgé de 5 mois & demi.

4. Marie-Zéphirine de France, fille de Louis, Dauphin, & de Marie-Josephe de Saxe, Dauphine, morte le 2 Septembre 1755, âgée de 5 ans.

5. Marie-Thérèse de France, fille de Louis, Dauphin, & de feu Marie-Thérèse, Infante d'Espagne, morte le 27 Avril 1748, âgée de 21 mois.

6. N. Duc d'Anjou, fils de Louis XV, mort le 7 Avril 1733, âgé de 2 ans, 7 mois & 3 jours.

7. Anne-Henriette de France, première Dame de France, morte le 10 Février 1752, âgée de 24 ans, 5 mois, 27 jours.

8. Louise-Marie, troisieme Dame de France, morte le 19 Février 1733, âgée de 4 ans & demi.

9. Louise-Elisabeth de France, Duchesse de Parme, &c. morte le 6 Décembre 1759, âgée de 32 ans, 3 mois, 22 jours.

10. Louis-Joseph-Xavier de France, Duc de Bourgogne, fils de Louis Dauphin, & de Marie-Josephe de Saxe, mort le 22 Mars 1761, âgé de 9 ans & demi.

11. Sophie-Philippine-Elifabeth-Juftine de France, fixieme fille de Louis XV, morte le 3 Mars 1782, âgée de 48 ans.

M N. Duc d'Orléans, fecond fils d'Henri IV, mort en 1611, âgé de 4 ans.

N Marie de Bourbon, premiere femme de Gafton, eft morte en 1627.

O Gafton Duc d'Orléans, fils d'Henri IV, mort en 1660, âgé de 52 ans.

P Marguerite de Lorraine, feconde femme de Gafton, morte en 1672, âgée de 58 ans.

Q Henriette - Marie, fille d'Henri IV, & époufe de Charles I, Roi d'Angleterre, morte en 1669, âgée de 60 ans.

R Henriette-Anne Stuart, fille de Charles I, Roi d'Angleterre, premiere femme de Monfieur, eft morte en 1670, âgée de 26 ans.

S Anne - Marie - Louife d'Orléans, Ducheffe de Montpenfier, fille de Gafton, morte en 1693, âgée de 66 ans.

T Philippe de France, Duc d'Orléans, frere unique de Louis XIV, mort en 1701, âgé de 61 ans.

V Elifabeth-Charlotte Palatine de Baviere, Madame, Douairiere d'Orléans, morte à Saint-Cloud le 8 Décembre 1722, âgée de 70 ans.

X Charles de France, Duc de Berry, petit - fils de Louis XIV, mort en 1714, âgé de 28 ans.

Y Marie - Louife - Elifabeth d'Orléans, époufe de Charles, Duc de Berry, morte le 20 Juillet 1719, âgée de 24 ans.

Z Philippe, Duc d'Orléans, petit - fils de France, Régent du Royaume, mort à Verfailles le 2 Décembre 1723, âgé de 49 ans.

1. N. d'Orléans, fils de Gafton, mort en 1652, âgé de 2 ans.

2. Marie-Anne d'Orléans, fille de Gafton, morte en 1656, âgée de 4 ans.

3. Anne - Elifabeth de France, premiere fille de Louis XIV, morte en Décembre 1662, n'a vécu que 42 jours.

4. Marie-Anne, seconde fille de Louis XIV, morte en Décembre 1664, âgée de 41 jours.

5. Philippe, Duc d'Anjou, fils de Louis XIV, mort en 1671, âgé de 3 ans.

6. Marie-Thérese, fille de Louis XIV, morte en 1672, âgée de 5 ans.

7. Louis-François, Duc d'Anjou, fils de Louis XIV, mort en 1672, âgé de 4 mois 17 jours.

8. N. d'Orléans, fille de Monsieur, morte en 665.

9. Philippe-Charles d'Orléans, fils de Monsieur, mort en 1666, âgé de 16 mois.

10. Alexandre d'Orléans, Duc de Valois, fils de Monsieur, mort en 1676, âgé de 3 ans.

11. N. fille de Charles, Duc de Berry, morte en naissant en 1711.

12. N. Duc d'Alençon, fils de Charles, Duc de Berry, n'a vécu que 21 jours, est mort en 1713.

13. N. fille de Charles, Duc de Berry, morte posthume en 1714, 12 heures après sa naissance.

LOUIS XV, né en 1710, sacré en 1722, & mort le 10 Mai 1774, âgé de 64 ans, a regné cinquante-neuf ans. Il est sous la représentation à l'entrée du Caveau, où ses Officiers, lors de la Cérémonie de ses Obsèques, déposèrent tous les honneurs suivant l'usage constamment pratiqué aux Obsèques des Rois : le grand Manteau Royal, le Mantelet qui garnissoit le Héaume timbré à la Royale, la Cotte d'Armes, la Banniere de France, le tout de velours violet, chargé de fleurs de lys brodées en or, le Panon de velours bleu, le grand Ecu de France ; les Gantelets & les Eperons dorés resterent à l'Eglise suivant l'ancien usage.

FIN.

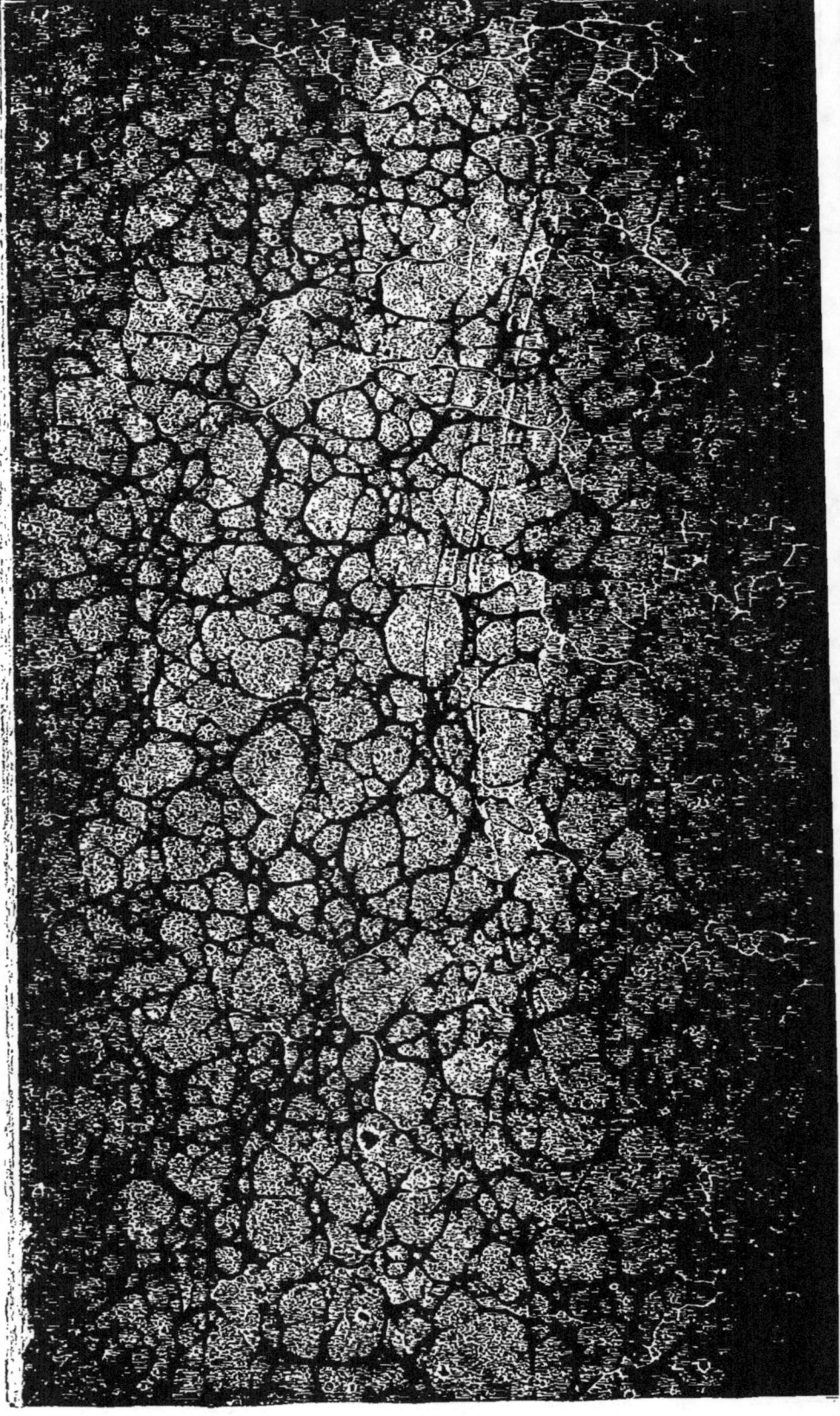

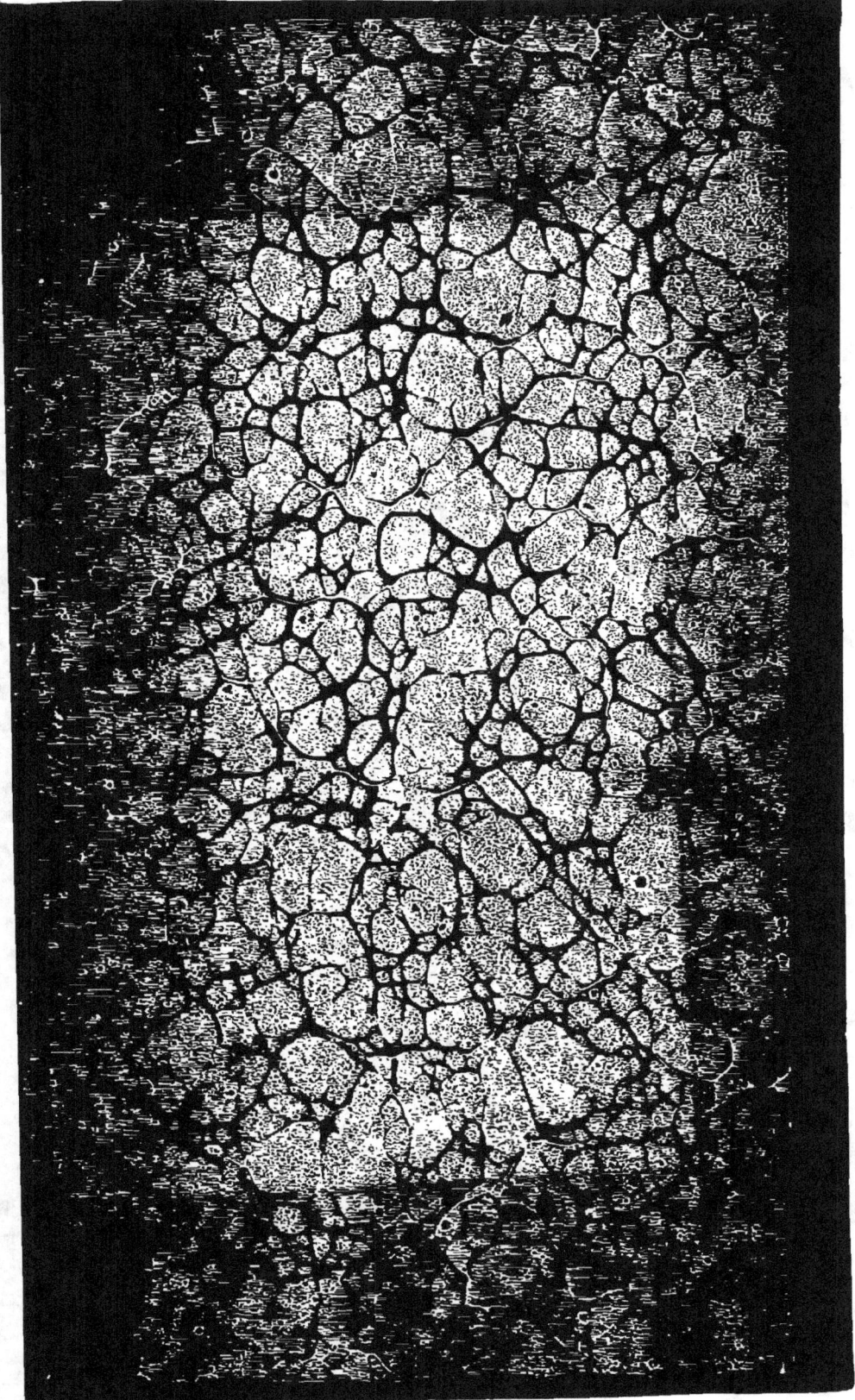

www.ingramcontent.com/pod-product-compliance
Lightning Source LLC
Chambersburg PA
CBHW060908180626
46818CB00004B/1876